亲爱的你，还记得吗？

芊漪 ♥ 著

世界图书出版公司
北京·广州·上海·西安

图书在版编目（CIP）数据

亲爱的你，还记得吗？/芊漪著.—北京：世界图书出版有限公司北京分公司，2017.6
ISBN 978-7-5192-2914-6

Ⅰ.①亲… Ⅱ.①芊… Ⅲ.①故事—作品集—中国—当代 Ⅳ.①I247.81

中国版本图书馆 CIP 数据核字（2017）第 080461 号

书　　名	亲爱的你，还记得吗？
	QINAI DE NI, HAI JIDE MA?
著　　者	芊　漪
策划编辑	杜　辉
责任编辑	赵鹏丽　杨林蔚
装帧设计	黑白熊
出版发行	世界图书出版有限公司北京分公司
地　　址	北京市东城区朝内大街 137 号
邮　　编	100010
电　　话	010-64038355（发行）　64037380（客服）　64033507（总编室）
网　　址	http://www.wpcbj.com.cn
邮　　箱	wpcbjst@vip.163.com
销　　售	新华书店
印　　刷	大悦印务（北京）有限公司
开　　本	889 mm×1194 mm　1/24
印　　张	6.5
字　　数	40 千字
版　　次	2017 年 7 月第 1 版　　2017 年 7 月第 1 次印刷
国际书号	ISBN 978-7-5192-2914-6
定　　价	35.00 元

作者说

嗨，你好，我是芊漪。

没错，照片上这个望着奶瓶认真思考的小孩就是我。

我出生在北京，是一个地道的北方女孩。听长辈们说，从小我就是一个多思的孩子，无论看到什么，我都会觉得它有很多故事，所以，现在我成了一名职业编剧。

　　仔细一算，我和文字朝夕相伴的日子好像还真是从很小的时候开始的。那时候我还不会写字，总是用一些自创的符号来记录自己想象出来的故事；随着一天天长大，那些看到的、想到的、梦到的、能说的、不能说的，就被我更加毫不客气地统统写了下来。写小说、做栏目、拍电影，似乎后来我从事的任何工作都再也没有和它们分离。

　　有人说我简单天真，有人说我沉静，有人说我开朗。

　　但我觉得这些都不重要，因为其实连我都不知道自己究竟是个怎样的人。但我知道的是，我喜欢文字，喜欢把这些故事讲给每一个人听。它们就像我投到大海里的一个个漂流瓶，带着最真的心愿，等待着属于它们各自的美好相遇。

　　这里我为大家准备了九个平凡的小故事，它们零乱跳跃，虽谈不上精致，却实实在在发生在我的身边。我很希望可以通过这些文字让更多的人了解故事里的人物的生活，感受到他们的世界，让彼此陌生的我们都能在故事中找寻到那份曾经存在于心中却被忘却的光芒。

序

2015 年的时候有个朋友突然找到我，一脸严肃地说："芊漪，我要买你的画。"说实话，从开始画画那天起，我就没想过有一天居然有人会来买我的画。那天她一脸倦态，抱着孩子坐在楼下的咖啡馆里等我。我受宠若惊地将装裱好的小画递给她后，她突然就激动起来——她告诉我，虽然已经是三岁孩子的母亲，但是她仍然不太喜欢成年人的世界，原因之一就

是有太多想说但不能说的话，而我恰恰用画表达了她的心声。直至今日每当想起她这句话，我都会抑制不住一阵鼻酸。

说到画画，在儿时我也是跟随国画家史国良老师学习过几天的（因为过去的时间太长了，不问过我妈我根本想不起来老师的名字了）。那时我还没上学，满脑子都是奇怪的想法，挥毫不按章法，豪放地四处作画……不过可惜，这想画画的梦，早早就在爸妈的严厉呵斥声中被唤醒了。以至于今，每每躺在床上，我仍然很怀念姥姥家墙上那只我认为画得最好的梨。

再次画画纯属意外中的意外。那段时间我正处在人生的低谷，情感上的巨大动荡让我差点溺死在眼泪汪汪的世界中。我非常想不开，也想不通，为什么会被生活如此对待。有一天，我在超市里无意中看到了文具区域琳琅满目的彩色笔，12 色、36 色、72 色……当时我就在想，连小小的木棍都有这么多颜色，那为什么我就要生活在一种色彩中？于是我买来画笔，开始画——画自己的情绪，画梦中的生活。

对于那些会画画的人来说，画笔和纸总能轻而易举地帮他们表达心中所想；但对于我，显然没那么容易。生疏的画法似乎永远赶不上我想要表达的冲动，但我想只要用心，就一定有人能感受到我的喜怒哀乐。小孩子的画毫无技巧可言，但大人同样可以感受到他们世界里的快乐和悲伤。连伟大的毕加索都说过，所有的孩子都是以画家身份来到这个世界的。你们看，既然我们曾经都是画家，那还怕什么？

只要有空我就拿起笔画，管它画得像不像，画我想说的就对了。

　　画了几个月的时间，我就突然发现画画于我岂止是一种快乐，它更是一种略带幸福的满足。每当完成一幅特别满意的画后，我发现自己也发生了变化，当我感受到这种变化的时候也就感受到了自己的存在。

　　画画就像我那眼泪汪汪的世界中突然出现的一只小船，我靠它涉河渡险，我靠它重获新生。

在现在这个不断被雾霾笼罩的城市，每个人都在抱怨蓝天的消失。其实我想说，蓝天还在，只是我们站在低处看不到它。

我之所以写这本书，也是希望可以把自己的感受和身边人的一些小故事，通过小画和文字，写给彼此灵魂相通的你们。希望陌生的你们，可以借助它找寻到一丝温暖的线索，找到属于自己的蓝天。

好啦，不啰嗦了。我们开始吧！

目 录

其实所有好的故事，都有一个普通的开始，

如果你愿意听，那么接下来我就慢慢讲给你听……

另一种语言

主人公：苏小迪

22 岁，音乐学院大提琴专业的学生，爱穿米色棉麻衬衫和深灰色长裤，黑色短发，浓眉，单眼皮，眼神清澈，是个好看的男孩。

认识苏小迪还是在他很小的时候，那时他 4 岁，我
15 岁。在苏小迪的邻居中，我是唯一不会躲避他反而带
他去冒险的朋友。苏小迪是个好奇心强、想象力极为丰富
的男孩。我喜欢他也是因为在他眼里总是会有许多奇奇怪
怪可爱到不行的事物。小迪的姥爷是有名的书画家。在那
样的环境下，苏小迪也拿起毛笔跟姥爷学起了水墨画。但
是没学多久，家里人便经常听到苏小迪奶声奶气的抱怨：
"为什么画来画去都是黑色的竹子和螃蟹！"

那时候苏小迪见到我总会缠着我问各种我根本不知如何回答的问题——画笔有那么多支，为什么都得蘸上散发着臭味的黑色墨汁？为什么螃蟹不能是像大海一样的蓝色？为什么竹子不能是像阳光一样的金色？……他不断寻找着自己想要的答案，画脏了楼道的墙，画花了邻居的车，可是，还没等到谜底揭开，他就被家人强行结束了短暂的学画生涯。

　　我再次见到苏小迪是在他的毕业音乐会上。那天他穿了一身黑色的礼服，沉稳从容地坐在台上，拉的是《巴赫无伴奏组曲》中的一首小调。琴声忧郁婉转。他用娴熟的技巧向所有人讲述着自己的世界。

　　演出结束后，苏小迪没有急于庆功，而是躲过欢乐的人群，拉着我来到操场的草坪上。我们躺在松软的草地上，望着蓝天，又聊起了童年。

　　姐姐，你说得没错，小时候我是话很多，可好像说什么都不对。我说胖阿姨家的饭好，想去她家长肉，可她讨厌我；我说姥爷的鸟不叫了，想放它走，姥爷又揍我。我感觉所有人都怕看到我，都躲得远远的。后来我想，还是什么都不说了。那时我还没有接触到大提琴，只有姥爷给的画笔，只好"画"我想说的话。可这样他们还是不愿意。隔壁那个长着大门牙的奶奶老是来告状，说我画花了她家的墙，弄脏了她家的床单。你上高中住校后，就更没人理我了。我没什么朋友。院里那几个小孩只知道看电视、给长辈背古诗，傻得冒泡，我不愿意理他们。我总是自己跑到楼顶，在那里画我的世界；在那里跟停留的鸽子玩，跟它们说话。

　　现在看来，当时我的确是有点"问题"。爸妈为了让我变得正常、合群，就把我送到了合唱团。也许就是那时候吧，我开始跟音乐有了无法分割的联系。

　　说实话，小时候我真的偷偷羡慕过那些唱歌好听的人。那些什么都不懂的小孩总能在长辈们的鼓励中即兴唱上一曲，我也曾期待能像他们那

样。当得知要去合唱团后我开心极了。作为一个7岁的小人儿，我很久没有那么开心的事了。我的世界又再次有了光。我以为终于找到了属于自己的语言，但没想到合唱团再一次阻止了我进行自我表达的机会：每当旋律让我开心的时候，我刚大声唱上一句，得到的就是老师"过于自我表现"的批评……有相当长的一段时间，我甚至觉得加入合唱团是这个世界上最悲伤的事。

"孤僻""内向""奇葩"这些词也许就是从那个时候开始跟我挂钩的。记得有一次在合唱团的赏析课上，老师放了一首大提琴独奏曲——圣桑的《天鹅》。旋律美好、忧伤，让我想起了楼顶的那些鸽子，想起了一个人的时候。那旋律就像是有个人在跟我说话，聊和我一样的经历。

后来，我跟姥爷说想学大提琴，他同意了。他肯定是觉得我与其到处闯祸，不如安静地拉琴让他心里踏实。不过，我真的开始迷恋上大提琴了。有了老师的辅导，简单的音符慢慢从难听的"吱扭"声变为成段的旋律，一些想说的话也终于开始在旋律里变成了故事。因为学习大提琴的关系我走进了很多人的生活，像是舒曼、巴赫和门德尔松。我在音乐的世界里体会着他们的人生，探寻着他们的心路历程，了解到了他们快乐或失落的表情下真正的心情。我参加比赛、得奖，家人因此为我感到高兴，连那些曾经讨厌我的人也开始称赞我了。但这些都不重要，重要的是我终于找到了我的语言，我的梦想。

苏小迪一边说一边坐起身，出神地望着远处在拍毕业合影的同学们，傻傻地笑着。

没想到长大后时间过得这么快，转眼就大学毕业了。在过去的岁月里，我有过很多机会让自己投身于某个集体，喏，就像他们。可我的朋友还是不多，大家依旧觉得我是个奇怪的人。我试着主动去参加一些活动，也发出过一些邀请，想要接纳来自"群体"的那种快乐，但这一切还是很难打破我心中那种强烈的疏离感。

还好我有大提琴，有音乐。它们代替我完成了更多的表达，也让更多的人走近了我。

这个世界的语言体系不止一种。风靠植物和建筑物发出声响，水凭借着流淌表达情绪，动物有各自的叫声，这个世界的每一种事物都有表达自己情绪的语言。一位名字好长的学者不是说过嘛，人类互相传达信息的方式有三种：音乐、文字和绘画。我就用琴声告诉这个世界，告诉每一个人我的梦想和我想说的一切。

苏小迪说完，起身奔向正在合影的同学们。人群中的他不断向我挥手。他笑得那样开心、灿烂。

　　现在的苏小迪已经不再是那个一不开心就拿起画笔涂鸦的孩子了，身边的大提琴成了唯一陪伴他的亲密伙伴。如果不拉琴，我也不知道孤僻的苏小迪在这个世界上是否还可以再找到更好的表达自己的机会。但我相信，随着年龄的增长，他终会找到自己的方式去构建平衡，告诉所有人他的美丽世界。

对了，昨天苏小迪跟我说他做了一个梦。梦中，他正在涂抹着一幅巨大的一眼看不到头的画。他画这边时，看不到那边；画那边时，又看不到这边。但在他心底，这些画面彼此呼应，虽然支离破碎却无比美丽。

丑小鸭的幸福

主人公：曹筱萌

24岁，某网络电台女主播。声音柔美，个子不高，微胖，头上总扎着
一个"冲天揪"。性格大大咧咧，整天蹦蹦跳跳，走起路来横冲直撞。
外貌和声音极为不符，笑起来山崩地裂。

曹筱萌是好友赵冬的表妹。在赵冬嘴里，这个妹妹是个长得难看、不讨人喜欢的话痨。她的父母常年在国外工作，很少回来。从小她就一直住在表哥家，直到上了大学。可能是因为她分得了本应属于赵冬的关爱，赵冬对曹筱萌特别嫌弃。而曹筱萌却不以为然，总是开开心心地跟在赵冬左右，和他格外亲近。我第一次见到曹筱萌就是在赵冬的生日会上。那天她不请自来，还抱着一大盒礼物出现，给赵冬来了一个瓷瓷实实、有惊无喜的祝福。那天在场的人很多，可每一个人都记住了这个小姑娘，并深深地喜欢上了她。因为曹筱萌性格直爽，一来二去赵冬的很多朋友都顺理成章地被吸引到了她的周围，成了她亲密的哥哥姐姐。

虽然平时很少见面，但大家总是不时收到曹筱萌的问候。有时她也会喋喋不休地跟我们这些哥哥姐姐吐槽表哥结婚后对她置之不理的"罪行"，或者跟我们说说她参加工作后遇到的好玩的事。

那天在商场，我偶然遇到了她，样子没变，依然还是那个圆滚滚、笑起来惊天动地的丫头。一见到我，她又迫不及待地拉着我吧啦吧啦地聊了起来。

过节了！"三八"耶！长这么大，头一次过这样的节日。以前老觉得这是妇女过的节，跟我没什么关系。可现在这商场啊、电视啊、网络啊，到处都在为打折活动做宣传，我突然觉得这天一下成了女人的节日。只要是女的，管她十八还是八十呢，谁都可以享受到节日的快乐和幸福。

　　我真是头一次感觉到这个节日带给我的快乐。你别看我大包小包的，要是我长得再瘦点高点，再漂亮那么一点点，我还得多买！给我过节福利，干嘛不享受？你说是不是？

　　你还记得那个总在平台上给我留言的"越野"吗？我做网络电台那么久，他是第一个在现实中见到我的人。姐，你知道的，虽然我也觉得自己长得不算难看，但是每次一看到同事们开听友见面会，我还是挺自卑的。我有点怕，不敢告诉别人我就是那个叫"馨馨"的声音的主人。如果真是因为本人被"曝光"而影响了节目的收听率，我就得喝西北风了。不过，越野不一样。他从来不打击我。从做这档节目开始，不管我在节目里出了什么状况，他都一直给我鼓励。那种区别于其他听友的关心和支持，给了我特别大的自信和力量。那段日子，我真的一直幻想着、期待着有一天能见到他。然而去年圣诞节，他举个牌子突然就出现在公司楼下了。天多冷啊，他就一直在那等。那场面，简直就是在拍！韩！剧！

　　曹筱萌根本无法掩饰自己的开心，脸上笑开了花。

　　那天的晚饭我吃得特别开心。我就跟一部通了电的收音机似的，一直说个不停。我的确是兴奋过了头，居然跟他坐在那儿说走了三拨吃饭的客人。等位的人越来越多，最后服务生不得不过来催我们离开。有点不好意思啊，嘿嘿。

　　我估计是我那天在现实中的表现吓着第一次见面的越野了。他给我的感觉也跟在平台上交流时不太一样，几乎不怎么说话，就是睁着圆圆的眼睛听我不停地讲啊讲，然后……呵呵，算了，不说了。

　　曹筱萌的突然停止让我感到无比意外。出于好奇，我不断追问她："干嘛不说了？你也学会卖关子了？快点坦白，后来呢？"

　　后来，哪有什么后来啊，回来以后他就消失了。唉，也怪我，回来后我才想起来，那天我只顾着自己说，根本没有留下他的联系方式。

　　再后来，我就试图在节目中跟他联系，播他喜欢的歌，读他喜欢的诗……过了好多好多好多天，我终于在听众留言板上看到了他的留言——你猜是什么？居然是"我喜欢你广播里的样子"。我不是傻瓜，再迟钝的女人也明白这是什么意思了。算了，反正我就是这个样子，高兴了就会笑，不开心了就要哭，有委屈了、有好玩的事了就要说一说。因为把他当成好朋友我才会这样毫无顾忌。如果在好朋友面前还要掩饰，那不是太累了？

　　尽管筱萌尽可能把这次相遇说成笑话，但我还是深深感受到了她对于这第一次心动的失落，当然她并不承认自己后悔过。

　　不过也是挺奇怪的，这事过去没多久，我居然失声了。估计老天爷

也看我话太多，让我歇了。治了快一周，我还是没法发出任何声音。我可以听到一个有声的世界，却无法用自己的声音去回应。那种无法表达的痛苦，没有经历过的人真的无法想象。那段时间，我都怀疑自己是不是真的会变成一个哑巴。那时跟人交流时我只能微笑，不露齿地笑，像这样……

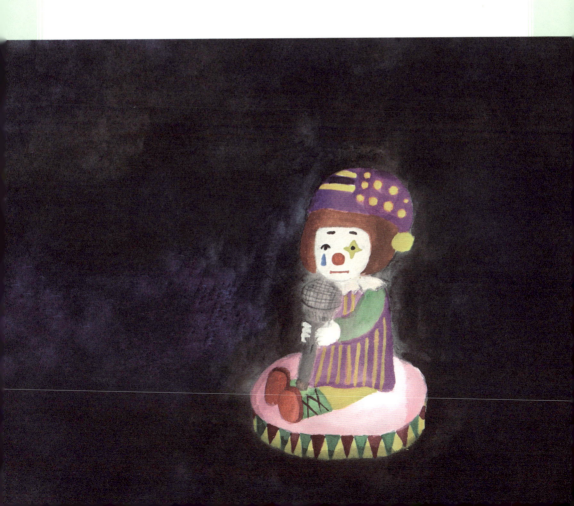

　　曹筱萌做了一个夸张的微笑表情，一副超级淑女的样子。片刻沉默后，筱萌揉了揉微红的眼圈，调整了情绪。

　　要是越野见到我安静的样子，应该会喜欢。可事实就是这么残酷，你以为可以凭借声音让人们抛弃一切、用心去感受的东西，当面对现实时还是一样会灰飞烟灭。

　　那段时间我一个人住在医院里。不能发声，就没有办法呼叫大夫，更没有办法接听电话。面对查房的医生护士，我除了做口型加比画，就只有微笑了。时间原来那么漫长。

　　你知道习惯了用声音表达一切的人突然不能说话是什么样的感受吗？那是一种特别强烈的寂寞感。别说那么长时间了，哪怕只有几个小时我也觉得"度秒如年"。每次病友的男友来看她，我都会有那么一点失落。真是受刺激啊！

　　不过这也挺好，我成了病房里的特殊病号，人们都说我是个爱笑的姑娘，都挺喜欢我，照顾我；好多去看我的同事也说那时的我看上去比之前更让人怜爱。每个人都对我特别关心，也没人问我节目停播的事，更没人跟我提起曾经在楼下举牌的那个疯狂听友"越野"，连那个不爱理我的表哥赵冬都来了。老天爷不让我说话，很多想说的说不出来，但也让我回避

了很多不想说的。那段时间我甚至都在想，如果以后一直都是这个样子，说不定会有更多的人喜欢我。

不过还好，靠着平时打下的那点听众基础，康复后没多久我的节目就再次上线了。有了上次的教训，我干脆直接把照片发到了平台上，我可不想再给自己和别人留什么幻想，受二次刺激。想要做到相互真诚，就先自己坦诚吧，管他结果如何。令我没想到的是收听节目的人反而越来越多，还有好多人偷偷写信说喜欢我。前两天老板又跟我说因为节目收听率高，公司要给我颁奖。

塞翁失马，焉知非福。这话说得一点没错。我还真是越来越喜欢这工作了。从最早知道"网络电台"这个词，到接受它、了解它、使用它，我的生活就像变魔术似的发生了那么多的变化。以前我真是没想过网络电台可以带给我什么。生在一个看脸的时代，一开始我以为自己是因为模样不好，才去做电台主播。那时我感觉自己就是一只丑小鸭，只能躲在繁华世界的背后，躲在属于自己的角落里，在不知是否会有人收听的网络电台上分享自己每一天的感受。但这份工作竟为我打开了大门，让更多的人知道了我，靠近了我。在大家的支持下，我一步步成长，一点点建立自信。从节目开播到现在，我得到了特别多的帮助、关心和鼓励。每次看到听友的留言，我都会感到特温暖。

姐，你觉得幸福是什么？以前我觉得幸福是爱，是找一个喜欢的人跟他在一起，是跟家人快乐地生活。可现在我发现，有一群不求回报，默默关心你、帮助你的朋友；有许多陌生人跟你一起维护着某个用心搭建的"家"，大家在那里畅所欲言——这才是幸福的样子啊。不管以后发生什么，我都会说我是世界上最幸福的女孩，因为我拥有了最宝贵、最有魔力的友谊，拥有了最真实的存在。是这些熟悉的陌生人把我这只丑小鸭变成了天鹅，是他们让我有了今天的成绩。我真的太幸福了！

曹筱萌下意识地用手拨弄着头顶上的小辫子，开心地笑着，样子特别纯洁。我突然注意到不爱打扮的她左手中指上戴着一枚款式很简单却格外别致的戒指。灯光打在上面，戒指闪着耀眼的光。筱萌看到了我惊讶的表情，露出了小女孩般娇羞神秘的微笑。

她趴在我的耳边悄悄地说："我恋爱了……"

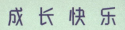

成长快乐

主人公：月儿

25 岁，话剧演员。标准的巴掌脸，栗色的长发扎成马尾，柔柔地垂在脑后。睫毛长长，眼神清透。笑起来，两个小酒窝浮现在吹弹可破的小脸上，一副惹人怜爱的样子。

　　与月儿再次见面是在有朋友参与的舞台剧的排练现场，尽管那天月儿化着老年人的妆容，但我还是一眼认出了她。舞台上的她隐去了年轻人的外貌，也比不上其他演员漂亮，但是成熟动情的表演仍然令她十分出众。那天演员们排练到很晚，结束后月儿并没有急着离开，反而拉着我叙旧。我们好像又回到了初次见面的那一天：两人坐在舞台的边沿上，望着下面空荡荡的座椅。她粘着我撒娇，我们相互依靠着，说着自己的心愿和长大后的梦想……

　　月儿的笑容依然灿烂，她说因为在上一部戏中的优秀表现，现在大家都叫她 Maggie——那是她扮演的角色的名字。她觉得与那个角色的邂逅是生命中不可多得的相遇，从此 Maggie 和她紧紧相连。她喜欢这个名字，羡慕她的人生和她的勇气。不像她自己，总是无法避免遭遇"阴晴圆缺"。

　　不知道为什么，在我的生活中似乎总是充满了意外。因为意外，我从很小的时候就开始拍戏；因为意外，我与戏剧学院的入学考试失之交臂；因为意外，我遇到了人生中的爱人；也是因为意外，我又失去了他。好像一件好事背后就一定要跟着一件坏事，我开始害怕——害怕出现的好，也恐惧没法面对的难。真的就像剧中的角色一样，每天我都被上天这个编剧安排在不同的情境中演出。

　　可是又能怎么办？事情已经发生了，我只能让自己去接受并不想要的一切，我学着忍耐、面对，学着忘记、坚强。我每天都笑着鼓励自己："我

能行！！"大起大落的生活让我变得敏感也更容易满足。我总是觉得有那么一股说不出的情绪不断袭向我，可我却无法爆发。也许是偶然，也许真的就是冥冥之中的一种召唤，舞台又让我找到了能够"安置"这些情绪的地方。

身为演员，我说不明白到底喜不喜欢这种戏剧般的生活，有时候我也分不清楚到底是我在梦里，还是"梦在我里"……剧场里每天都在上演新的剧目，我不是科班演员，只能演一些小角色。为了生活，我演完这部戏，紧接着就演那部。舞台、生活，生活、舞台，我忙得没时间思考，没时间难过。

前年因为角色的关系，我被派到临终关怀医院去体验生活。在那里我真正感受到了什么是坚强，也懂得了生命的意义，这让一直失落消沉的我心中燃起了新的希望。可生活对我就是这样，就在一切看似有所转变的时候，我突然就得知了我妈患脑膜瘤的消息。现在我已经记不清是在怎样的一种情况下听到这个噩耗了。我没跟任何人说，只是记得当时我拿着我妈拍的片子傻傻地笑。也许那一刻我真的傻了，老天怎么和我开了这样大的玩笑？我真的不能相信，一个平时看着健康、有说有笑的人怎么就会突然躺在了手术台上……

手术持续了八个多小时，我唯一能做的只有等在手术室门口寸步不离，静静地为我妈祈祷加油。主刀医生的话不断在我耳边回响："谁也不能保证她是不是能再醒来。"随着时间的推移，我的心也一分一秒急促地

发疼。我知道我妈在手术室里艰难地战斗着——我现在仍然肯定，有一刻我听到了我妈在喊我的名字。"加油，妈妈！"我在心里不停地喊。我相信这心底的呼唤一定可以为我妈带去力量。

月儿低下了头。在剧场昏暗的灯光下，我还是看到了她大颗大颗的泪滴。

手术室的大门缓缓地被拉开，还没等手术床被推出来，我就迫不及待地冲了进去。我拼命喊着妈妈，希望她可以睁开眼睛看看我。她好像听见了，微微睁开眼睛，就那么一下，转瞬又闭上了……只有那么一秒，一秒！而这一秒却成了我生命中最难忘的一刻。主刀大夫告诉我，手术很成功，接下来就看她自己了，过了那晚就算度过了危险期。

我清楚地记得，那天晚上的雨下得特别大。我躺在家里的床上怎么都睡不着，天没亮就冲回了医院。我妈虽然醒了，可意识模糊。手术后的一切都还是未知的，能不能恢复没有人知道。可就在那时，已经停工一段时间的我突然接到了排练一部大戏的通知。要是以前，也许我会很开心，可是这次……我妈还在病床上，我怎么能舍弃她？

生活就是这样，总是用各种意外考验我，可是在那个时候，面对那么好的工作机会我也只能选择放弃。我必须放弃。我开始每天奔跑在家和医院之间，5点起床做早饭，7点前到医院送给我妈；然后回家做午饭，送饭；再回家做晚饭，送饭。就这样，一个月后我妈以超乎一般病人的速度恢复，可以正常坐卧、吃饭、说话了。出院那天，我给她买了一顶那年最时尚的波波头假发，她戴上后像个洋娃娃似的。我妈爱美。我记得小时候她总是抱怨自己头发少，所以给我买了很多花发卡，把自己的遗憾都在我的头发上做了弥补。那天我推着轮椅赶到病房，远远就看见她站在病房门口，笑得就像个幼儿园里等着被家长接回家的孩子。

月儿笑着，用力揉了几下眼睛，接着是长长的沉默。安静的剧场里，一切像停滞了一样，接着她拿起了手机。

还记得咱们刚认识的时候吗？再听首歌，像以前一样。

熟悉的旋律瞬间充满了整个剧场。月儿靠着我，轻轻地，我清楚地感觉到她在抽泣。

你看，生活带给我的意外是不是太多了？我只有选择接受，坚强地承担一切，撑起这个家。我知道人生中必然会存在很多意外，不过对于我来说，现在已经习以为常了。也是因为有了这些意外，我得以成功塑造了更多角色，得到了更多观众的认可。苦难不但没有让我失去什么，反而让我得到了更多，既磨炼了意志，也丰富了我的人生。

说后半句话的时候，月儿故意换了种腔调，就像是戏中的某个角色。她一跃而起，用力张开双臂站在舞台中央。她的眼神坚定，充满了力量。

咱们真的是太久没见了，想把这段时间发生的事情都跟你说，还真是需要很久。没事，咱俩找时间再约，等这部戏演出时你可一定要来啊。你别瞎想，我跟你说那么多其实只是想告诉你，别为我担心，我一切都好。我也是告诉自己，我能行。

走出剧场大门，望着月儿离去的背影，我仍然沉浸在刚刚她那既悲伤又温暖的话中。那么简单真实的月儿，谢谢你，谢谢你的快乐和勇敢，你长大了，成长快乐！

幸福是手中的糖葫芦

是甜甜的笑容

是一家人整齐的脚步

天使的玩具

主人公：Ruby （鲁比）

28岁，手工艺爱好者。白皙的皮肤，弯弯的小眼睛，一头羊毛一样的柔软齐耳小卷，走起路来一蹦一跳。喜欢中性打扮，看上去像个男生。

　　Ruby 有一家小店。说是店，倒不如说是她的手工作品网络展示板，里面净是些出自 Ruby 之手的奇奇怪怪的小玩意。她的作品也并非什么特别之物，有的是一串珠链，有的就是用手边的布头、瓶盖做成的。但经她创作后，这些没有生命的东西都被赋予了情绪，充满了灵气。Ruby 管它们叫"天使的玩具"，这是上天赋予她的能力，她要让每个得到她作品的人都感受到天使般的快乐。她把它们的照片发到网络上，有时候也会卖给喜欢这些东西的人。

　　我总是习惯称 Ruby 为"匠人"，跟朋友介绍时也总是骄傲地说："我有一个匠人朋友。"以至于每每有新朋友见到 Ruby 真人，总免不了要调侃我夸张的称呼。我知道在人们的概念中，"匠人"就该是一副古板专注的样子，只沉浸在自己的工作中。Ruby 虽活泼，做起事来却心神安宁，会一点点地打磨、完善手中的作品。那份耐心如根扎地。我觉得她就是新时代的匠人。

　　那天我受朋友之托去 Ruby 家取一份他看中的"玩具"。房门一开我就惊呆了：不大的房间里到处是图纸、画笔和工具。Ruby 顶着一头凌乱的小卷，跨过重重障碍把我让到了床边一把仅有巴掌大的小椅子上。

　　她让我只管坐着，然后边聊天边在一堆物品中找寻那件我要的"玩具"。

　　你可千万别乱动，你随意的一个小动作都有可能造成"不可挽回的后果"。耐心等一下，一会儿我收拾出块地方给你，你就舒服了。

　　诶，你是不是有好久没见我发新的照片了？

　　Ruby 一边收拾一边回头跟我说着。我看着 Ruby 在一堆杂物中忙碌还要时不时回头没话找话的样子，就忍不住笑出了声。

　　别笑，你肯定认为我懒了。

　　我最近一直在忙工作上的事，谈设计，约作品。那些投资人总是以为有钱就什么都能做到，随便拿出个什么设计就要我做。每天我都累得半死。你看看我这屋，再看看我这张憔悴的脸，唉……啊，找到了。在这儿呢。别动别动，我给你拿过去。

　　我小心地从 Ruby 手中接过来那件作品——一块被重重铁丝紧紧缠绕的石头。一朵朵色彩艳丽的绢花正努力从铁丝的缝隙处绽放，花丛中我隐约可以看到一个长着羽毛翅膀的小家伙的眼睛。它眼中带泪，给人的感觉却是笑盈盈的。

　　它叫"语洁"，我取"羽"的谐音，叫它"羽洁"也行。别看它是块石头，其实它也和你我一样，有自己的情感，在大地上也做着羽毛在风中飞舞的梦。它的梦中有风，也有掠过山顶的阳光。它安静纯粹，默默无语，承受那么多，就是要等待那个可以读懂它的人。所以我给它翅膀，我要让它飞。

　　"我也可以让石头飞——打水漂的时候，打人的时候，石头都是会飞的。"我故意打断 Ruby。

　　嘿，好吧，你这么说也没错，但是有多少人会这样想呢？人们只会觉得那些长着翅膀的才可以飞。其实只要有力量，任何事物都可以长出翅膀，飞向属于自己的天空。唉，这是我这段时间里的最后一个作品了。

　　让你的朋友好好对它吧。可能最近我在现实中说了太多的话，这段时间创作的欲望有点淡薄。你那些朋友说得对，好的匠人还是要多沉淀、多思考，不能像我现在这样。

　　小时候我倒是愿意思考和动手，可家里人就是不放心。他们给我梳辫子、穿裙子，要我弹钢琴；他们收起剪刀、锤子、铁丝，不许我碰任何工具。这个世界有很多选择，唯有父母是没法选的。小时候我最讨厌别人说我是"官二代"，可我爹妈倒是挺喜欢这个称呼，他们觉得那是人家对他们的认可。他们非要让我以后走仕途，即便走不了，也要把我培养成个"名媛"。哼，真可笑。

　　还是村上春树说得好，"无论别人怎么看，喜欢的事自然可以坚持，不喜欢怎么也长久不了"。所以，我现在又开始做手工了。越是有人要否定我，我就越要证明自己。

　　每当我拿起工具时，就会觉得自己好像能被带到另一个世界，根本不需要扎什么辫子，弹什么钢琴。做这些东西的时候，我的心里可安静了，每一下敲打都像一个个沉稳的戳儿盖在了情绪上。这感觉就像一种表白，表白着我的情感和对生活的憧憬。

　　经常我做着做着抬头一看，发现天已经亮了。发白的天伴着鸟叫，那一瞬间就会有种很奇妙的感觉。嗯，怎么说呢？那感觉就像……就像这个星球上只有我一个人了。

　　Ruby 一边说一边从凌乱的桌上拿起一封刚刚拆开的邀请函递给我。

　　你看这个，这是我刚接到的一个品牌设计展示会的邀约。这是一个设

计界精英的展示会。明天我就要去洽谈人生中第一个品牌设计的具体事宜了。虽然不知道结果如何，但你看，只要不放弃就可以做得很好。现在至少有了一个开始，不是吗？

Ruby 满意地笑着。看着她一脸幸福的样子，我想即便疼痛，那双翅膀也不曾被遗忘。我相信，有一天一定会有一双美丽的翅膀带着她飞翔。

天上有光会照在身上，心里有光就会照到天上，你看到了吗？

不要

悄悄松开

你的梦想

迟早有一天

它会在

你的手里

发光

王子变青蛙

主人公：水水

33岁，金融公司高管。圆脸，眼睛明亮，眉眼中透露出几分睿智。开朗健谈，性格活泼。熟悉的朋友总喜欢把他和"蜡笔小新"联系在一起，但他却给自己起了一个好听的名字——"水"，他想成为一个如水般百变，且被大家需要的人。

　　水是大家公认的"傲娇少爷"，吃穿讲究，生活条件优越。虽然彼此熟悉，但他总给我一种相隔遥远的感觉。知道我在写这本小书后，他特意找到我，说要跟我讲讲他的故事。

　　在地产公司做事的水，总让人觉得应酬极多，即便我们是朋友，因为圈子不同，平时也只是通过网络相互问候。细算起来，我们真的很久没有见面了。

　　见到他时，他穿着一身笔挺的西式制服，整洁干练，依然不改的还是顽皮灿烂的笑脸。可这笑容却总让我感觉到有些不同。也许是感觉到了我的疑惑，没等我开口他就抢着自说自话起来。

　　"哎呀，我好紧张。我现在终于明白人和人是有区别的，难怪会有那么多心灵鸡汤。你觉得我的故事能煲出好汤吗？"

　　"煲汤？那我不行，我可不是一个崇尚励志学和心灵鸡汤的人。我能做的也就是记录、传递，帮助需要的人在文字或画面中寻找到相惜的回应。"

　　水一脸疑惑地看着我，样子很严肃。

　　"呃……这么说吧，有句广告语——'我们不生产水，我们只是大自然的搬运工'，我也一样。"

　　水熟练地点了一根烟，深吸了一口，然后开始了他的故事。

　　我现在转行做金融了，其实我自己都没有想过有一天会进入这个行业。现在地产市场不是很好，所以我就跟随着我的"知遇之恩人"来到了

这个全新的领域。做了这个我才知道，原来里面有很多复杂的内容。我所在的金融机构是做财富管理的，简单点说，主要有"募、管、投"这三大块。我现在做的就是"募"，也就是争取客户，通过服务来赢得客户的好感和信任。

第一次做这个工作的时候，我真的不知道到底要干什么。公司的定位是高端私人银行。为了吸引更多的高端人士，公司举办了高尔夫比赛。你知道我以前也是经常打高尔夫的。开始我以为这是个美差，所以精心拿出自己最喜欢的行头，准备好好打上一场。可我没想到，我是被发配做补给的。那天风特别大，把我刮得跟个土人一样。除了陪在身边的两箱矿泉水，我什么都没有。当时心里那叫一个委屈，骂光了世界上能骂的一切。更委屈的是，这两箱矿泉水都不属于我，是要给参加活动的客户的。只要有选手过来拿水，我就得开始介绍公司的情况："您好，我是××公司的员工，我们公司……"

水说着把桌上的杯子递给我，样子极其"谦卑"。

你知道当时我那个感觉吗？我觉得特丢人，生怕在球场上看到熟人。在大风中我就那么溜溜儿地被扔在那个球洞旁一天，特别像电影《甲方乙方》里那个被扔在村里的老板，只盼着车快点来接。看到球车过来的时候，我真高兴！估计这辈子我都忘不了那情景，比换新车还激动呢。

说到新车，水刚刚激动的神情立马暗淡了下来。认识水的人都知道他喜欢车，家境优越的他曾经在四年里换过五部价格不菲的跑车。我不知这次提到新车他为何会有这般失落的神情。我没有打断他，而是继续听他往下说。

盼星星盼月亮，好不容易盼到晚宴时间。我以为终于可以休息一下了，没想到，给我安排的又是端茶倒水的活。我这辈子什么时候受过这委屈？！以前都是银行、担保公司求着我："晚上有时间吗、吃饭吗、喝酒吗？"而现在……完全不是那感觉了！我没干过伺候人的活，心理落差极大。而我的晚饭就更夸张了，是麦当劳的鸡腿汉堡！我站在球洞旁苦等了一天，等来的就是这个……放到以前我吃都不吃，可那天我想再多吃一个都没有！跟你说句实话，当时我没忍住，哭了。

　　可能是再次提起的伤心事触动了他的自尊心，水狠狠地把手中的烟捏得粉碎，情绪明显有些激动。我生怕他再度爆发"少爷脾气"，赶紧和他开玩笑。

　　"哎呀，咱们的鳄鱼小少爷流下真的眼泪了！今儿是什么日子呀？我一定帮你记录下这一刻。"

　　水被我说得有些不好意思，一贯傲气逼人的他脸上竟然露出了羞涩的笑容。

　　哈，你就别挤兑我了，后来我也跟当天在一起的同事交流过这事。虽然当时我的确有那么点看不起某些同事，但不得不说他们真的挺让我佩服。后来做的活动多了，跟客户熟悉了，我发现这项工作其实挺有意思的，更发现其实一切不是我原本想的那样，是我把自己的位置摆得太高了。那么高高在上，谁愿意跟你说话？当人与人之间平等起来，交流和信任也就自然而然地来了。更何况我的工作是要和他们成为朋友，我有这个资格，他们也一样。

　　你知道我以前什么样，虽不算什么纨绔子弟，但也算不得是上进青年。我没啥大理想，也没想过那么多，只要有漂亮的姑娘，有喜欢的车，有一群朋友，每天在大家的簇拥下活着就倍儿开心。其实我做这个工作也就一年多，但在这短短的时间里我改变了很多，当然也算从这些高端客户身上多少领悟了一些吧。每天忙忙碌碌，没有时间跟原来那票朋友聚了。

可到年底你猜怎么着？我竟然开始有点厌恶以前的那种生活，也不想跟那票人一起玩了。现在我接触的这些客户，跟以前那群只要有局就必到的人完全不同。哪怕是我给他们倒杯水，他们都会特别客气地跟我说声"辛苦了"。他们哪个不比我有钱，哪个不比我成功啊？所以我知道了，这成功真不是随随便便就成的，跟他们一比，我这算什么啊。记得有一回我跟客户出去，他因为穿的衣服不方便，就把随身带的几万元现金放在我兜里，让我替他保管。几万块钱，不多，但这种信任，反正我以前从来没有体会过。你说还有什么比这种信任更让人开心的？真的，太棒了！这就是认可！

所以还是那句话，把自己的位置摆正了，所有的事情就都很明白了。我的工作看上去光鲜，其实真的挺磨炼人的，也有不少人被淘汰了。当初我加入时部门有二十多人，一年多的时间里人数增加了不少，但老面孔就那么六七个。真的很不容易，也挺苦。世界上有那么多人，两个人想要从彼此完全陌生到成为朋友，那对方凭什么信任你？需要的就是彼此坦诚真挚的交流，真心换真心嘛！尽全力把能做的做好，一次不行，就两次；两次不行，就三次。付出就一定会有收获。现在想想以前那个自己，真不好意思说那也是我！

水玩着手中的打火机。沉默了许久，终于我还是忍不住问了他那个关于车的问题。

"你的车……怎么了？"

　　我知道你一定会问我的。车，我给卖了。前几年我的确比较嘚瑟，根本不在乎钱，就是喜欢玩。也是因为交友不慎吧，我接触了一些不好的朋友。我现在没以前有钱了，但我不想找家里要。也是三十好几的人了，自己犯下的错误就要自己承担。我刚才不是也跟你说了，不想再过以前那样的生活。与其跟家里人张口，不如自己努力赚钱，去实现自己的愿望。靠自己，这比什么都来得踏实。而且这么做还给了我安全感——这种感觉，即便在以前那么优越的生活条件中我也没有体会到。不怕你说我，钱多未必都是好事，金钱会让人麻木，会让人失去自我和最真实的情感。卖车是我能为自己做的最有效的决定。我那么爱车，那一刻真的舍不得，但我必须给自己一个态度："我要不救我自己，谁还救我？"说出来你可别笑我啊。我感觉自己就像严冬过后等待春雨的干涸土地，每一个地方都开始打开。我开始有渴望、有梦想了。我们公司要上市了，我好期待那一天。那一天我一定要拍一张照片发到朋友圈里。多自豪的事啊！

　　永脸上挂着得意的笑，开心地看着我，等待着我的回答。看着这个全新的他，同样感到开心的我竟不知该怎样反应。

　　我饿了，你也饿了吧。走，我带你吃串去。我知道这胡同里有很好吃的烤串。

原来这种感觉叫幸福

主人公：杨蓉蓉

23 岁，大理人，白族。长长的头发，大大的眼睛，圆鼓鼓的脸颊，粉白的皮肤透着光。笑起来的样子很安静，安静得像是另一时空变身而来的一朵花。

　　我和蓉蓉相识是在 2010 年的夏天。她那时刚刚考取了昆明某高校的建筑系本科。等开学的日子里，我们在洱海边不期而遇了。除了一个温暖的微笑，一声温柔的招呼，我们没有多说一句。或许是彼此都感应到了相似的磁场，我们很快成了朋友。

　　在大理的那段时间，几乎每天我都有蓉蓉的陪伴。我们一起过火把节，一起在洱海边散步。蓉蓉唱歌很好听，经常小声教我哼唱一些她自己编的好听的歌曲，像是怕别人偷听了一样。大多数时候蓉蓉是极为安静的，安静得就像是一朵开在角落里却极为动人的花，一朵不喜欢回家的野花。她经常跟我说不喜欢家乡大理，我很好奇却一直不敢问，生怕刺激到她敏感的神经。我不知道她的生活中到底发生了什么，让她那般拼命想要逃离一个许多人向往的地方。随着后面在微信上的不断联系，我也开始慢慢了解了这个神秘而安静的姑娘。

　　今年因工作原因我得以在昆明短暂停留。我又见到了蓉蓉。几年过去了，现在的蓉蓉已经不是当年那个坐在洱海边一言不发的白族姑娘了。她变得开朗健谈，亲切的笑容如午后骄阳般灿烂，言谈举止中也开始显露出和她的年纪不相符的成熟。

　　那天我们聊了很久很久，恨不得把这几年没机会说的话都说了。蓉蓉给我讲她的童年，讲我们分开那天后发生的很多很多事情。

　　姐姐，我感觉自己的童年过得特别不好。因为从小在农村长大，父母格外偏爱弟弟，女孩子要想得到父母的爱和夸奖就得比男孩子还要强。可我无论做什么都得不到认可。我觉得特别无奈。从记事起我就想要逃离家，逃离那个地方，所以毕业的时候我没跟任何人商量就选读了建筑专业。其实我知道你一直都好奇当年我怎么不选择擅长的唱歌做专业。作为一个白族姑娘，会唱歌这项"技能"在我们看来真的就太平常了。即便我

考上了音乐学院，家人也不会认可我。我那时觉得搞建筑可以经常在外面闯荡，就不用回家了。所以，考上大学以后我就再也没有回家住了，一直到现在。

后来，我遇到了男朋友，我们谈了两年的恋爱。我俩也算是同行吧。去年在他家人的帮助下我们合伙成立了公司。起初我们的日子过得很艰苦，但也算苦中有乐。在共同努力下，我们也有了些小成绩。不过，今年年初的时候我们吵架了，吵得特别凶。我没想到曾经那么相爱的人，会说出那样伤害对方的话。更让我不能理解的是，一项豆腐渣工程真的就比良心还重要吗？我用了半年的时间，费尽心思设计了方案，就因为甲方想要利益最大化，他不仅要我重做，甚至还要我按照甲方的意愿去抄袭别人的方案。我能理解他想要赚钱的迫切心情，但我真的无法接受这种做法。

再三争论后，他让我独自一人去三亚跟甲方协商。那是我跟他在一起后第一次单独出行。以前我特别喜欢到陌生的地方游玩，每次都像是飞到了一个新的世界。我可以穿上最喜欢、最舒适的衣服，带上喜欢的音乐，漫步在陌生城市的街上。没有人认识我。我就那么漫无目的地走着，穿梭于人流中，体会着陌生的笑容和面孔。我觉得自己特别快乐。

那次出发前我满怀希望地以为，在三亚得到充分的阳光和海水洗礼后，我还会找到和以前一样的快乐，也许我们的事业和生活也将会开始一段新的历程，也许一切都会有转机。然而……

可能经过了岁月的磨砺，人都会改变吧。那天我一个人站在亚龙湾的

海滩上，根本没有之前的兴奋。我记得那天的海风格外轻柔，海水也异常平静，好像是特意配合我这个远道而来的外乡人。那一刻我的心静极了，可是不知为什么却特别疼。我被一种突然袭来的孤独紧紧包围着……我特别想他，嗯，特别想。虽然临别的时刻他仍然说了很多难听的话，但我宁愿相信那不是他的本意。他一定是想要尽快赚钱，尽快给我一个真正的家……我开始原谅他，开始理解他，开始想象着他言不由衷的样子。那一

刻我好希望他能来到我的身边，哪怕什么都不想说，只是这样默默地在我身旁，和我在一起，给我力量。

　　我在海边待了很久。随着时间的流逝，我的恐惧感也开始不断地增强，我开始害怕面对即将到来的黑夜。可黑夜还是毫不留情地笼罩在了城市的上空。甲方并没有按照之前说好的与我进行协商，而是安排了无法推

脱的应酬。一群甲方的"朋友"对项目只字不提，反而热情地为我倒酒。我感到阵阵低频的"轰鸣声"从耳边传来。我不知道他们在说什么，就想快点逃走。终于我找了个借口逃了出来。那时，我突然在酒店大厅的水族箱中看到一条很漂亮的鱼。它远离鱼群，孤独地游弋在鱼缸的一个角落。我不知道它叫什么，在这里多久了，但我知道它将面临怎样的命运。我把头贴在玻璃上，看着它……眼泪就那么不可控制地流了下来。我觉得自己就是这样的一条鱼，丧失了语言，带着没人知道的快乐和悲伤，看似安逸，却不得不随时面对突如其来的转折……

当然，因为我的不辞而别，协商的结果显而易见——我们公司因此丧失了这次商机。男朋友最终离开我了，甚至没有多说一句。

我不知道自己那几天在三亚是怎么熬过来的，只感觉一切仿佛是一场毫无逻辑的噩梦。以至于现在，我俩都不愿意提起，仿佛那是我们心中的一道伤疤。

蓉蓉沉默了片刻，然后打起精神，脸上露出了灿烂的笑容，眼睛里闪着光。

算了，不提了，都过去了。姐，我目前在一家公司做设计，待遇还不错。老板很看重我。由我参与设计的很多建筑都出现在了昆明这座城市

里。跟男朋友在一起住的时候我们养了两只狗，分手后，我自己带着它们。往后近三年的时间里，我也交过两个男朋友，但恋情都无疾而终。家里的成员来了走，走了又来，不断变化，只有灵灵和丽丽始终陪伴着我。虽然养它们会耗费些精力，但它们特别懂事，从来都不会打搅我工作。它们不能陪我聊天，却总是睁着圆溜溜的大眼睛深情地注视着我。那眼神胜过了无数话语。在我们相对而视的那一刻，我知道它们是懂我的。

有时我在家做方案，它们就像两个爱撒娇的孩子依偎在我的身边，看到我累了还会贴心地为我踩踩发酸的肩。它俩经常四脚朝天地和我撒娇、争宠。我很享受我们彼此依靠的感觉，那是一种建立在无比信任的基础上的依赖。也只有它们能让我忘却这现实中的虚伪和冷漠。

这两个小家伙不仅为我带来了快乐，也带来了朋友。我现在所住小区的对面楼里有一对情侣，他们都是很好的人。女孩是个漫画家，清爽漂亮的脸上总挂着可人的笑。我特别喜欢她。男孩清秀内敛，书卷气十足。他们非常相爱，形影不离。我有时甚至有些怀疑他俩是"姐妹"。我很羡慕他们的爱情，甚至几次想根据他们的故事来设计一栋专门为相爱的人建的大楼。可没想到在我还没有开始行动的时候，我和两个小家伙就已经成了女孩笔下的主人公。我们的故事被女孩发到了网络上。现在我们有好多好多的粉丝呢。

一到周末，我就带上狗狗到公园的草坪上玩耍，那女孩也会带来一些新画。我们就如同孩子般生活在漫画的世界里。这一切像极了我童年做了

无数次的梦。

　　看着狗狗们在草地上快乐地奔跑，我好像寻找到了一种感觉。这种感觉很温暖，很踏实，更让我浑身自在——原来它就叫幸福。

时光瞬间

主人公：婷婷

双子座，"80后"网络作家。善良、敏感、安静、热烈、依赖、独立——各种性格的矛盾体。婷婷是个善良的姑娘，对小动物更是怜爱至极。附近的流浪猫狗只要让婷婷遇到，一定会被她领到家中。婷婷大部分时间都在家工作，这使她有更多的时间可以照顾这些小家伙。她们一起生活，一起游戏，彼此依赖。她们分享着生活中的所有，体会着朴素却有担当的情感。

　　由于长期伏案写作，婷婷的腰椎问题越来越严重，变形的两节尾骨已经压迫到神经。她常常是坐不了一会儿就会疼痛难忍。在医生的建议下，她只得缩短了工作时间。因为不能按时完成工作，婷婷违了约。有将近一年的时间她就像个爱生气的孩子，把自己关在屋里。2016 年 5 月 15 日，那是我们约定好见面的日子。我准时来到了婷婷家。门虚掩着，透过缝隙，我看到了她。她穿着长长的睡衣，随意绑着头发，消瘦得厉害。我竟不知道该带着怎样的表情推开那扇门，只好站在门口极力调整情绪。婷婷见到我，一下冲了出来。她抱住我，把脸颊贴上来，热乎乎的。我们的眼睛都湿润了，就像失散多年后又重逢了一样。我们一起聊天、吃零食。我以为她会跟我说她的烦恼、她的忧伤，可没想到一开口，她讲的全是她的"孩子"。

　　摩卡是我家现在这六个宝贝中最特殊的孩子。去年冬天，我去宠物市场买粮食时，一眼就看见了它。它那么小，浑身粘着颜料，蜷缩在角落里不断呕吐。可那群可恶的小贩不仅不救它，反而还在那商量怎么迅速把它脱手。我当时真是气极了，跟他们打了起来。我无意中碰坏了他们的摊子，最后还被敲诈了 5000 元。不过从那以后，我的小摩卡再也不会受罪了，我们一起开始了全新的生活。

　　婷婷努力地露出笑容，刻意把话题引向身边的小狗"摩卡"。她心疼地摸着靠在怀里的小家伙。它也似懂了般安静地倚着她，像个欲说还休的孩子。

我带它去看病、打针，它不闹也不叫，特别坚强。我给它起名叫摩卡，不仅仅是因为它染了颜色的毛发，也是希望它能像摩卡咖啡一样，即便注定是苦涩的也能存有一丝隐隐的甜。我想，这辈子我都不会离开它了。

　　可能是跟猫一起生活的缘故吧，这小家伙在行为上特像一只猫——敏感，爱舔爪子，爱吃各类猫食。它常常会因为我的一个眼神感到悲伤，也会因为一个玩具忘记了一切。它总喜欢用头顶开我的手，然后就那么顺

势一躺，将整个头枕在我手心里，享受被抚摸的惬意，乐此不疲。它享受的样子让人感到幸福。有时我会觉得摩卡像是另一个我——我们都喜欢食物、游戏、旅行、花朵、抚摸和温暖。

我因为身体不好，有好长一段时间都不能正常工作。生而为人很无奈的一点就是无论精神力量多么强烈，个人意志多么坚韧，都要受困于这具

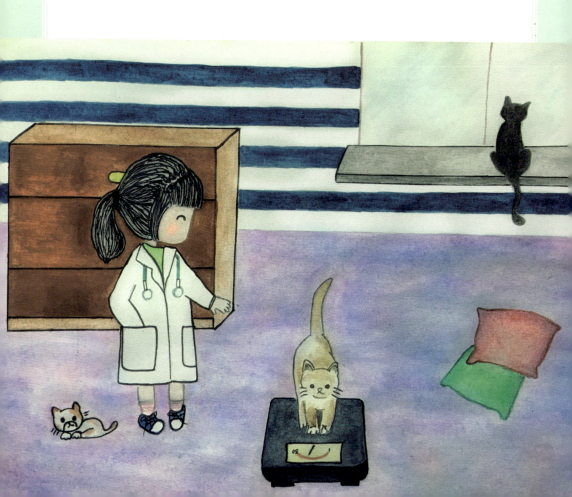

肉身。完不成工作的我不仅把攒下的钱都用在了看病上，还赔了一大笔违约金。现在，我只能做些零散的小活儿。可就是这样，我基本上还是写上一会儿就必须起身活动。不过我们摩卡倒是很开心，因为这样，它就有了更多可以跟我游戏的时间，对不对？

婷婷笑着看着怀里的狗，起身把它放下，然后为刚从屋顶上下来的猫打开了窗子。一只猫旁若无人地大摇大摆地走进屋子，一屁股就窝在了我身边的沙发上。我这才发现，沙发上、桌子下、柜子里，都趴着一直在听我们说话的小家伙。

见有猫进来，摩卡瞬间来了精神，婷婷也开心地加入到它们中间。我又听到了她久违的笑声。

闹了一会儿，许是婷婷弱小的身体累了，她坐在地上，脸上露出了天真的笑容。

这就是我每天的锻炼，哈哈！其实我知道好多人都不理解我的行为，说我不务正业、走火入魔，说什么的都有。但面对这些可怜的孩子，我真的没有勇气跟它们说"不"。我只想尽自己微薄的力量给它们一个家，让它们不再受到伤害。而且，这些小东西常常就是我故事中的主人公。你可别小看这些曾经流浪过的小家伙，它们之中有的还是宠物杂志上的明

星呢。文字、照片、短视频，只要条件允许，我都会想方设法留下它们的身影。不管别人怎么说，每每看到它们开心雀跃的样子，我都会觉得很满足。走，我带你去个地方。

　　婷婷说着拉我来到她家的院子里，那是我们童年常常"藏宝贝"、说悄悄话的地方。因为修路，原来的院子缩小了一半，不过刚好够几个

"孩子"嬉戏。婷婷的爸妈都是闲不住的人，他们会在院子种些常见的蔬菜——数量不多，刚好够一家人食用。赶上蔬菜"丰收"，他们也会分些给周围的邻居。每到夏天，长出的南瓜藤便会沿着房子和院墙间的防护架往上爬，搭出一条浓密的走廊，开出一朵朵黄色的小花。阳光从浓密的叶子之间渗透下来，像梦一样安静耀眼。

你看，院子的墙头和屋顶就是那几只猫最喜欢的地方，它们常常会趴在那儿悠闲地摇晃着尾巴，享受清风和阳光的抚摸。它们有时沉睡，有时发呆，或者从墙的这边走到另一家。摩卡这个小笨蛋就总爱坐在院子里望着它们，它那充满了渴望的小眼睛里常闪着泪光，让人心生怜爱。只要有猫下来，它就会特别激动地迎过去，跟个心急的孩子一样迫切地想要了解那个未知的世界。你想不想也上去看看？

还没等我回答，婷婷就已把我拽上了墙头。

我想，看的次数多了，婷婷一定也对屋檐上的世界感到好奇。

在猫的带领下，我俩也跟着坐在了墙头上。

雨后的天空是纯净的蓝色，阳光照在身上，让人觉得很温暖。从远处的酒吧飘来隐隐的歌声，婉转优美，像掠过心头的一道微弱的光。

婷婷微闭着双眼，张开双臂和爬上屋檐的歌声紧紧拥抱在了一起。她说："这应该就是最美的时光了吧。"

072

一场大雨后
这几天北京天气好得出奇
蓝天下的午后
太阳晃得人心亮亮的
就想眯缝着眼在风里跑
在地上坐

把猫轰走
坐在房檐上
才发现院子角落之前那小小的一片
都充满生机了
此刻 如果面前有一个西瓜
再有一个阳光般温暖的人陪伴
那应该就是人生最美的时光了吧

遥远有多远

主人公：夏叶

30岁，天蝎座，文静，爱看书、写诗，喜欢幻想，内心渴望童话般完美的爱情。因想法不切实际，常被朋友称为"地球人的异类"。受朋友影响，决定去丽江找寻同类，并寻找自己的爱情。

　　约会时间一改再改之后，我终于在机场附近见到了夏叶——还有四个小时她就要再次飞往丽江。这段时间她频频离开北京，她说需要找一个温暖的地方。

　　其实夏叶也记不清楚这是第几次去丽江。从北京到丽江约有 3000 公里的路程，但是她却说丽江很近。那里总会带给她一种久违的亲切感，像她的避风港，即便偶尔会有些波浪也让她无法舍弃对它的情感。

　　在丽江的日子是悠闲的。在那个地方生活久了，人们多多少少都会淡忘了时间的概念。有不同性格的朋友，有各式各样没见过的酒，仿佛世间所有美好的一切都汇集到了那座充满了暧昧的城市。走在青石板铺成的巷子里，到处都会飘出各种撩人心弦的歌声。喝喝茶，散散步，偶尔与朋友聊聊天，一天就这样过去了。在没有朋友陪伴的日子，夏叶说她总是喜欢这样独自迎着阳光走在熟悉又陌生的巷子里。

　　刚到丽江的时候，夏叶和许多初次来的游客一样对丽江充满了好奇。虽然当时是冬天，可是那里的一切都让她感到温暖。

　　夏叶拿起面前的咖啡，轻轻地抿了一口，然后用一种过来人的口气开始教训我："你说你也是去过丽江的人，你是了解我的，怎么选了这么个地方？这咖啡和我们丽江的小粒咖啡比起来简直差远了。"

　　她在丽江前加了"我们"，从容的样子让人感觉她更像是一个来北京的旅客。我望着夏叶尴尬地笑了，不知如何回答。

　　阳光透过玻璃窗斜洒在夏叶的肩上。她轻轻撩了一下滑到脸颊上的长

发。黝黑的肌肤在阳光下闪着光，看上去她更像一个南方姑娘。夏叶变了，改变的不仅是肌肤的颜色和消瘦的面容，她的性格也日渐开朗了。

"给我讲讲你在丽江的故事吧。"我有点迫不及待。

夏叶曾是某文学杂志的主编，更是写散文的高手，所以她的叙述每次都能使我身临其境。那时候和夏叶在一起，我听的最多的就是她用特有的语言方式描绘的那些和男朋友唯美浪漫到不行的故事，虽然现在她称那些为"狗屎"。

夏叶笑着，头微微前倾，眯缝着眼："好吧，满足你，要写到剧本里哦。"

夏叶换了个姿势，拿起面前那杯令她嫌弃的咖啡。她轻抚着杯子，开始了她的故事。

记得那是一个阳光明媚的下午，我习惯性地带着自己喜欢的书去熟悉的咖啡馆坐坐。在咖啡与茶香的围绕中，我又见到了他。我不知道他叫什么，但他的歌声让我很感动。当美丽的旋律像水流一样倾泻出来的时候，我就不知不觉地陶醉了。我喜欢听他的歌，喜欢这个男人柔润的声音。他像是个有很多故事的人，可我不是那种开朗外向的女孩，所以我一直都没有机会和他交流。但每次我来，他都会向我抛过来一个熟悉的微笑。那笑容就像是给早已熟识的朋友的，让我倍感温暖。然后，我就会回到自己经常坐的位置，做自己的事情。可即便没有更多的交流，我也很容易被他的歌声牵制。有的歌声会穿透喧嚣，让人安静；有的歌声会勾起人内心深处的

惦记，让人回味无穷；他的歌声却带着很强的画面感，勾起我最深的回忆。

　　我没有勇气问他的名字，但却注意到大家都称呼他为 Joe（乔）。后来我听到其他好奇的游客跟老板的闲谈才知道了更多关于 Joe 的事。他以前是个流浪歌手，两年前来到丽江，换过几家酒吧和咖啡店之后他选择留在了这家咖啡馆。他不怎么说话，却很喜欢笑。去的次数多了以后，我渐渐发现，他的笑不仅仅是对我，即使当他唱着忧伤的歌曲的时候，大家从他脸上也可以看到那份浅浅的笑容。

　　夏叶说着，脸上浮现出幸福的笑容。

　　在我的印象中，流浪歌手似乎应该是一副老气的样子，有一种看透世事的凄凉眼神，或有长长的头发，或有一大把凌乱的胡子——可是 Joe 却完全不是这样。他最喜欢穿的是一条深烟灰色的灯芯绒裤子，黑色的格子衬衫，外面套着灰色的开衫毛衣。他有着干净的短发和眼神。我记得那天客人不多，几首歌后 Joe 突然放下吉他，来到了我的身边，脸上依然带着浅浅的笑，让人觉得很亲切。他递给我一杯热咖啡，这时我才发现，原来 Joe 不仅眼睛是清澈的，目光更是敏锐的。他凝视着我，这眼神让我有些不知所措。Joe 坐在我的身边，又让他的朋友从吧台拿了瓶酒，但他却并不和我交谈。我们彼此凝视、沉默，还有微笑。

　　你是知道我的。我是一个喜欢沉默的人，能够在热闹的人群中不说

话，对我来说就是一种极大的自由——这自由就像是一只逃脱束缚的小鸟翔翔在天空。我惧怕处在喧闹的环境里，害怕陌生人间假意的寒暄和交流。那一刻是沉默的，可那沉默却让我慌张，失去了方向。我该飞到哪儿去呢？

"夏叶，你爱上他了？"我想我的打断是适时的，多年的友情也让我们彼此间有了些默契。至少夏叶没有责怪我，她看了看手机上的时间，若无其事地耸了耸肩，脸上依旧挂着浅浅的、带着陶醉的笑。

我不知道Joe为何这样沉默地坐在我身边。一支烟过后，他终于开始和我交谈了。我发现他说话时的样子和唱歌时不同，唱歌时一脸稚气的他在谈话的瞬间就转化为一个阅历丰富的大男人。在交谈中我才知道，原来我到那个咖啡馆的第一天他就注意到我了。Joe说他喜欢看到我坐在那里安静地看书写字的样子，这让他觉得很踏实。他告诉我，在丽江的每个人都有故事，有离奇的真相，也有为了寻找艳遇而编造的谎言，而他想和我交谈，和这些全然无关。虽然我一直很想知道他的故事，可是Joe突然这样说，我还是有些不解，究竟是什么会让他有想要对我倾诉的欲望。整整一个下午，我只是在安静地倾听，听他诉说家庭、童年、爱情和梦想。我们坦诚地交谈。我们虽然彼此陌生却无比信任对方。在交流的过程中，我感觉到眼前这个安静的男人心里的忧伤和他此刻的快乐一样多，这两种情绪

是可以共存的。当他和我描述来丽江的来由时，我就深切地感受到了他心中的无奈和无限希望。

不知为什么，夏叶平静而略带幸福感的叙述使我感到心酸。过去夏叶也会给我讲她和男朋友之间的故事，但这次不同，没有琐碎的事件，没有胡编的浪漫场景，更没有纠结和哭笑，而只有平静，像那一刻的阳光。

接连几天我们都是在这种短暂却似乎又无比深刻的交谈中度过的，慢慢地我和Joe之间的关系真的就发生了些微妙的变化。再后来就是你想的那样喽，我们开始形影不离地出现在了古城的每一条小巷……

"你们在一起了？他要来北京吗？"

夏叶又笑了，可是这次的笑容里却分明透着尴尬。

你也知道我跟以前的男朋友在一起八年了，但我不想结婚，因为我觉得我对他的爱没有强烈到要嫁给他。我想也许是我还没有遇到足够有吸引力的人吧。但是Joe不同，和他在一起时，我心中总有一种说不出来是什么的希望，很朦胧很美好。但是他要我留在丽江，我拒绝了。我放不下北京，毕竟在家乡我拥有的东西太多了。我让他跟我一起回北京，给他全新的、更好的生活，可是他也拒绝了。Joe说北京不属于他，丽江虽然小，生

活会有些艰难，可是丽江有他的梦，那才是他的生活。Joe 是个比我还要敏感的人，我俩在一起时有时即便是一个不经意的词汇也会深深触动他敏感的神经。也许是我那天的话伤害了他，在我离开的前一天晚上，Joe 喝了很多酒。从认识他那天开始，我还是第一次看到他醉酒。那一刻突然我发现我和 Joe 之间突然有了一条很宽很宽的河，他站在河的这边，而我站在那边，河水湍急，我也许……跨不过去了……

夏叶说完，起身去了洗手间，回来的时候我明显地感觉到她哭过，但是她的举止却变得从容了许多。

夏叶看了看手机上的时间，匆忙收拾起东西。

"我得走了。"

"还有两个小时……"

"我改签了机票，提前一个航班走。"

"这么急？"

夏叶脸上带着坚定的笑："对，很急，我要去找我的爱情！"

夏叶说完拉起行李匆匆就要离开，像是要赶赴一个必胜的战场。

我朝着就要走远的夏叶大声喊："夏叶，你要跨过那条河吗？你确定你们合适？"

夏叶停下脚步回头看着我，脸上挂着灿烂的笑："什么叫合适？像所有人说的那样，把地位、金钱、灵魂都放在感情中衡量？Joe 没有身份，

没有权力，没有花言巧语，但我们有默契，有对彼此的理解。我讨厌这个充满了金钱、利益、权势的城市。我要去找他，找回那份只有他才能给予我的纯真和质朴。你知道吗？这一切超乎了我以往任何美好的想象。这才是我要的爱情，我要把它找回来。"

夏叶渐渐走远了。我看着她的背影，心中突然有种说不出的滋味。我知道，人在有的时候情绪是不受控制的，但不管怎样我都会为夏叶加油。

飞机带着巨大的轰鸣声划过天空，留下了长长的痕迹。在阳光的折射下，那一架架飞机仿佛是一朵朵盛开的花。

我恨你，可我只有你

主人公：思语

自由职业。短发，皮肤细腻白皙，酷爱假发及各种美瞳镜片，总是习惯把两只眼睛的颜色搞得如同来自异域的波斯猫一样。

　　我是四年前在朋友的一个酒吧里第一次见到思语的。那天酒吧正要关门，她傻乎乎地一头冲进来大声喊着"拿酒来"，样子像极了那条街上经常出现的失意女子。正是因为这样一段插曲，我认识了她，一个外表不羁却带着忧郁心情的漂亮女孩。

　　出于职业的敏感和习惯，我开始和她交谈。或许是天意吧，几句简单的寒暄过后，我们惊奇地发现原来我们有一位共同的朋友。有了这熟悉的媒介，我们的话题也变得多了起来。一来二去我们也成了老朋友。

　　思语是很活泼的女孩，而我偏爱安静，因为工作我常常会在家写上一整天。但思语来时从不打扰我，她总是为我带来她亲手做的美食，然后就在屋外的院子里跟各路奇怪的朋友"臭屁"，等待着成为我的第一个读者。有时她看我因为写稿烦躁了，也会表演些她自认为可爱却实则拙劣的小节目为我解闷。接触多了我慢慢地发现，思语并非表面看到的那样不羁，而是感情细腻至极的女孩。有时我会觉得她更像是一只任性的流浪猫，又傲慢又自由，可身上却背负着无法痊愈的伤。

　　我们成了无话不说的朋友。慢慢地，我终于走进了她那个紧闭的世界。

　　我记得那是一个初冬的清晨。那天我一开门就看到思语红着眼睛心事重重地站在我家门口。经过我一番开导后，她主动给我讲起了心底那个尘封了许久的故事。

　　我小时候爸妈就离婚了，我妈不要我，把我扔给了我爸。过了几年我

爸再婚有了新的家庭，我也就成了多余的人。有一次我回家晚了忘了带钥匙，那个新妈一边骂我爸，一边在屋里砸东西，说什么也不给我开门。我干脆就再也不回去了。我跑到了一个离家很远的地方，在一间酒吧里卖啤酒。酒吧生意很好，我在那里也认识了很多人。有很多人都说喜欢我，要带我走。不过我知道，其实在那种环境下，他们说的话和他们杯中的酒一样，会随着时间的流逝消失得无影无踪。

我和她是在网络上认识的。那时她会在每天半夜上线发新一期的连载故事，我也会在酒吧关门后到网吧排遣一下心里的不快。我喜欢她写的故事，让人感到温暖的文字里常常隐藏着一种让我想要落泪的心酸，有时我甚至能在故事中看到自己的样子。我觉得她是一个需要被照顾的人，就好像她的文字，因为快乐而伤感，因为伤感而让人觉得脆弱。我总是第一个给她留言，慢慢地我们就熟悉了起来。

我们隔着网络彼此安慰、彼此鼓励，相互支撑着度过了最艰难的时光。候鸟需要长途迁徙才能躲避冬天的严寒，而我们就像是两只来自不同地方的鸟，虽然不曾见面，却有着一样的方向。有一次，我在她的小说中无意间发现有一家很小但我们却都会经常光顾的小吃店。也许我们感动了上天，它给了我们从网络上走下来的机会。我们见面了，没有留下特别的联系方式，只是按照约定的时间到达了那个我们都很熟悉的小吃店。那天晚上店里的人很多，但我还是一眼就认出了她。她坐在那儿，眼神忧郁，但眼睛里充满了渴望。一见到我，她就紧紧地把我抱住了。她哭了，我也

哭了。后来我问过她，为什么那天那么肯定我就是她要等的人。她笑着跟我说："因为就像你知道我就是你要找的人一样啊，灵魂相同的人是不需要语言的。"那天我们说了很多很多，像是要把前半生都告诉对方。那时我才知道，原来她跟我一样，也是被爸妈嫌弃的孩子。但她努力地掩饰着，那么坚强。我当时只有一个想法，就是要用自己的一切力量和一切勇气让她开心，我不想再看到这个世界上还有一个和我一样难过的人。我想带给她快乐，不想看到她流泪，更不想再让她受到一点伤害……

我开始期待每一次见面，而她也从来没让我失望过。每次她给的小礼物或是亲手写的一封短信都会给我带来意外和惊喜。从小到大，从来没有人对我这么好过，我喜欢和她在一起的那种感觉——放松、自然，不用掩饰。有些时候，不需要过多的言语我们就可以感觉到彼此的伤痛和快乐。

凌晨我们开车驰骋在无人的街道上。晚上我们一起坐在江边看星星，一起去看喜欢的话剧，一起学那些搞不懂却又觉得有意思的台词。她也经常会跟我说一些莫名其妙的话，让我摸不着头脑。我总是逗她说那些话太有水平，跟思想家说得似的，她就笑着使劲摇头。我喜欢逗她开心，喜欢和她一起喝到糊里糊涂然后一起迷路，喜欢和她一起玩"我爱你，不要脸"，喜欢我们去过的每一个角落，喜欢看到她开心的笑，喜欢听她学那些听不懂的方言……我喜欢和她这样"暧昧"——我不知道这个词是否恰当，但是我找不到更合适的词来形容这种感觉。我发现她虽然偶尔还会流泪，可是渐渐变得快乐开朗了，我的生活也开始有意义起来。

思语拿起身边的水杯喝了一大口水，然后冲我使劲挤出一抹微笑。那一刻感到吃惊的我竟不知道该用什么样的话去回应她。如果面前是别人，也许我会在她哭泣的时候无声地送上一张纸巾，或是做一个善解人意的倾听者，然而那一刻思语却是个倒外。她用惯常的"开心"左右了整个谈话气氛——一种明明让人笑不出来还硬要笑的、别扭的轻松。

思语若无其事地走到窗边，长叹了一口气。

其实，我也说不好究竟是从什么时候开始习惯了她的存在。是在见面前，还是见面后？我不知道。但我知道在和她的相处中，我会觉得自己很重要。为了让她开心，我也会努力微笑。只要能让她开心，我会去做很多事，只为她。可我已经很长时间没有联系到她了，很长，很长……

2013年12月8号，她突然跟我说她恋爱了，遇到了一个很好的男孩，非常照顾她，关心她。就在那一刻我的眼睛模糊了。我不知道为什么，是为这个消息，还是为我们曾经的那些快乐？为她即将到来的幸福，还是为我将要面对的残酷？我无法控制情绪，就像当初恨那个跟我爸结婚的女人一样，我开始恨那个男人，恨他抢走了她。我还没有来得及带她去很多好玩的地方，还没有给她看我专门准备为她布置的挂满了气球的房间，还没有做很多我们来不及做的事，她就要离开我了，而以后她的人生中也不会有我了。有一天我背着她偷偷找到那个人——一个看上去极不起眼的男生。他的目光闪烁，说起话来一副玩世不恭的样子。说实话我有点失望，

我不明白究竟是什么吸引着她想要跟这个男生在一起。他也好像明白了我的心思，对我并不友好。后来，那个可恶的家伙竟然把她叫来，还当着她的面说了很多编造出来的我侮辱他的谎言，她显得非常不开心。虽然我极力跟她解释，她还是不相信我的话。这是我们认识 8 个月 16 天以来第一次吵架。她挽着他，头也不回地就那么走了。我知道她哭了，她不想让我看见。那天我回到家才发现，家里到处都是她的痕迹：墙上是我们的照片，枕头下还有前几天我们一起写的新年计划……可是仅仅几个小时的时间，我就失去了她。

　　思语终于控制不住自己的情绪，站在窗边偷偷抹起了眼泪，不肯回头看我。我走过去想要安慰她，她却任性地别过身体。终于她转过身来，脸上带着泪痕，笑容也很勉强，让人心疼得束手无策。

　　没事，我知道，我没有权力选择和奢望什么。有几次我都想告诉她，我舍不得她离开，但我最终没有说，也没办法说了。我也感谢她没有让我说出来。带着遗憾的心情离开总比面对苍白的真相要好吧。我好久没有那样难受过了，可是面对这束手无策的感情，我又能怎样？我真的很怕，怕那个男的欺骗她，怕她受伤。如果我是一个男生该多好，我一定会跟那个男的打一架，拼命去爱护她，让她每天都开心快乐，让她幸福。可是我只是一个女生，一个终究不可能给她一生幸福的女生，我的情感只能默默放在心里最最隐蔽的深处。我不能因为我对爱情的置疑剥夺了朋友对爱的希望，不能因为怕受到伤害而去包住她，我希望她快乐幸福。我只有不断地告诉自己：相信他，也相信她，相信爱情！

　　思语说完从兜里拿出手机，盯着屏幕上的一张合影看。照片拍得很美，两个女孩手拉着手站在花丛中，微风轻轻吹着她们一样的白色裙摆。看得出，她们很幸福。

嘿，娜娜

我现在仍不断地呼唤你的名字

不管有多么的痛

我会持续下去直到你回应我为止

一遍又一遍

不要离我远去，真的不想放开

我不是希望独占你

而是希望被你所重视

为什么美梦与获得幸福

是两码事

嘿，娜娜

那个猫脚浴缸现在已经不在了

是不是每个人，都逃不开这份寂寞呢

——NANA（电影《娜娜》）

梦　　画

记忆的盒子

那天我做了一个梦

梦里有许多漂亮的盒子

我一一打开

全是快乐闪耀的记忆

笑盈盈

软绵绵的

嘘，这是个秘密

暗恋含羞草的

萤火虫

驱赶着噩梦先生

毛绒绒的夜

紫色的光

漂亮的房子　让我做客吧

可是　我偷了星星　这是它们的家

你也需要光吗

没有光　夜里的孩子会害怕

那我就变成太阳　把你们都照亮

小魔女的安全法则

甜甜圈没吃完，坏了
故事没讲完，时间就到了
这个世界
所有的美好都有期限
甜甜圈没吃完，坏了
故事没讲完，时间就到了……
这个世界
所有的美好都有期限

小魔女：为什么那么在意，你会很辛苦

女孩：可是没人分享的幸福怎么能是幸福呢？

小魔女：你真是个傻瓜，怎么会有人觉得自己太孤独

小魔女：给你我的魔法，你要记住永远不要放弃自己能感

受到的一切，你就会找到属于你的方式，向世界展示你的幸福

好吃的蛋糕是幸福

动听的故事是幸福

大朵的白云是幸福

新生的绿草是幸福

寻着光和色彩

女孩在找属于自己的幸福方式

你呢，找到了吗？

伞下的世界

撑雨伞的人说听到了天空的哭泣

却不会被淋到悲伤的雨滴

撑太阳伞的人说他看不见天空

却躲过了烈日的袭击

那

五彩斑斓的伞下

那个世界

又是什么呢

105

到时间的深处去

不知道

在找寻什么

不知道

想要看见什么

就像是心里有道伤

是无从闪躲的影和光

想要知道

究竟

是什么

把我们抛到了这个世界

或许 勇敢些

就能到尽头

到时间的深处去

或许……

或许……

Color（颜色）

姐姐，我开心的时候是棒棒糖和冰淇淋颜色。你呢？

我是天蓝色。

是连棉花糖云都没有吗？

是啊，那你不开心的时候呢？

巧克力颜色。你呢？

灰色。你今天什么时候吃巧克力了？

我不告诉你。这是每个人自己的秘密。

别叫我长大

请别叫我长大
小小的种子要自己发芽
请别叫我长大
我要陪在爸爸妈妈身边
不是电话
我的世界
简单的问题没那么复杂
别叫我长大
因为
把自己看小
西瓜也会变得很大

摘星星的孩子

能看见星星的夜空越来越少了

随着成长，

它们就像调色板里的颜料被水冲淡，

冲淡了原有的光芒，

变得不容易发现，

变得学会了隐藏。

时光里的故事就像这变淡的星空，

每天被不断更新的记忆替代着，

但我知道，

童年那片存在的星空，

那颗属于我们的星，

是永远不会忘记的……

2016 年 1 月 23 日。听说外面很冷，我没出门，也不知道冷到什么地步。我只能听到风吹窗户时，发出声响；看到水蒸气贴在窗户上凝出水珠，开出冰花。小时候每到这个时候我就会拿小碗装满水，滴上颜料放上绳，冻好了变成各种漂亮的冰星星挂在院子的晾衣绳上，开心极了。

任性的美好

拿起笔

描绘自己的春天

或者

做一棵春天的植物

无论经历过什么

即便是严酷的寒冬看上去快要死了

可

一阵风吹过

就又重新年轻起来了

　　我的小世界就是这样，即便外面的人嚷着世界已经改变了，我也只想告诉你，你看，我种下的花开了，那片金色的云又飞回来了

儿时的年，你还记得吗？

后　记

　　故事写完了，画也画好了，可是这本书的名字却迟迟定不下来。出版社的编辑总是很客气地问我是否已经确定了名字，而每次面对她客气的询问，我都只能附上一个腼腆地微笑的表情。

　　事实上，在画画和记录这些故事之前，我甚至从没想过会以怎样的形式把它们呈现在大家面前。直到我拿起笔，一些从未有过的感觉才开始慢

慢在心里滋生了。仿佛是角落中的潮气瞬间被灿烂的光照热，它们如空气般散开，闪着光，紧紧地依附在我的四周。而我，就像故事中的魔法师，挥动着手中的笔，把它们带到你的身边，画给你看，讲给你听。

书稿完成后，正逢小学同学聚会。因为班里很多同学的父母都在国外工作，所以很自然在毕业后也有很多人出国了，即便是留在国内的人在毕业后就再也没有见面了。时过境迁，当大家再次相见，很多人都发生了改变，有的甚至还改变了国籍。大家在一起聊天，谈论的一切早已不再是童年简单的一草一木。就像歌里唱的那样，"熟悉的陌生人"，我第一眼见到他们的时候就有了这种感觉。

我听他们谈论工作，谈论家庭、情感，谈论得与失、丑与恶；谈论曾经怎样用年少无畏的心重新认识这个世界；谈论在残酷世界巨大的矛盾中，如何挣扎、摸索、何去何从。坐在角落里的我感到害怕，不知如何加入到这场极其现实、残酷的讨论中。

我突然想起了一部上学时我们都喜欢看的动画片——《毛毛虫凯蒂》。凯蒂是一只可爱的小毛毛虫，拖着肉肉的身子，遇到任何困难都有勇气跨过去。它靠自己的天真和信念，终于如愿地变成了一只美丽的蝴蝶。那时，它是男孩们喜欢的"小肉肉"，更是女孩们羡慕的蝴蝶公主。每到放学，几个同路的小伙伴都会学着凯蒂的样子，排成一排，一扭一扭地跨过水坑，翻过墙头，步履蹒跚地回家，仿佛那样做我们就可以变成蝴蝶一样。而在聚会时，我突然觉得这个世界也许再也没有那些天真了。

回家的路上，我陪着同路的老同学聊天。由于最近他的生活发生了变故，一路上他的话很少。为了让他开心，我再次提到了那部动画片，还无所顾忌地给他学起了我们当年的样子。没想到，他竟然停下车，激动地抓着我，对我喊："对啊，我还记得呢！"我看他的脸上带着笑，眼里还有隐隐约约的泪光。

对啊，都还记得呢！曾经的简单与快乐，他还记得。

曾经的天真，纯粹，难过，叛逆，失败，微笑，成长，还有……梦，我们都还记得。

就像这本书中提到的这些人一样，他们不富有，也并不完美，但他们开心、快乐，学着接纳并慢慢地学会欣赏生活给予的一切，纵使生活中的考验一个接一个袭来，纵使不得已扮演着自己不喜欢的角色。但只要记得那可贵的，哪怕是一点点的美好，就像是那混沌世界中发出的一点点的光。它或许很微弱，但是永恒。

我多么希望正在看书的你也能体会到这份微小的美好。当你合上这本书时，也能微笑着拥有属于自己的幸福心情。

到时候别忘了对我说一句：对啊，我还记得呢。